Dieses Buch gehört
dem Menschenkind:

Einhorn-Prinzessinnen

SONNENSTRAHLS LEUCHTEN

Emily Bliss

illustriert von Sydney Hanson

Für Phoenix und Lynx

www.adrian-verlag.de
Adrian & Wimmelbuchverlag GmbH
Friedrichstra.e 126
10117 Berlin

Text: Emily Bliss
Illustrationen: Sydney Hanson
Buchgestaltung: Jessie Gang
Satz englische Ausgabe: Westchester Publishing Services
Übersetzung: G. M. Pum
Satz deutsche Ausgabe: Julia Groier-Bleiweis
ISBN: 978-3985851782

Printed 2024 in the EU

Inhaltsverzeichnis

Erstes Kapitel 1

Zweites Kapitel 6

Drittes Kapitel 13

Viertes Kapitel 29

Fünftes Kapitel 44

Sechstes Kapitel 54

Siebtes Kapitel 66

Achtes Kapitel 84

Neuntes Kapitel 101

Erstes Kapitel

Im obersten Turm des Spiralpalastes bewegte Ernesto, eine grüne Zauberechse, seinen Zauberstab über einer orangefarbenen Kornähre. Er nahm einen tiefen Atemzug. Und dann rief er: „Alakazam! Alakazup! Einhorn, Einhorn! Alakabup!" Er wartete darauf, dass die Ähre rosa zu leuchten begann. Aber stattdessen flackerten die Lichter und die Wände wackelten. Der Donner grollte und dröhnte. Blaue und grüne Blitze zuckten über den Himmel, der dunkel wie die Nacht geworden war.

„Oje! Oje!", rief die Zauberechse. „Habe ich 'Einhorn, Einhorn' gesagt? Ich meinte 'Kornähre, Kornähre'! Oje!" Die Zauberechse wurde blassgrün. Ernesto wedelte verzweifelt mit seinem Zauberstab über der Kornähre und schrie: „Rückgängig! Rückgängig! Mach den Zauber ungültig! Löschen! Streichen! Ich nehme ihn zurück!"

Aber die Lichter des Palastes flackerten weiter. Der Donner grollte noch lauter. Gelbe und silberne Blitze zuckten.

„Oh, nicht schon wieder!", rief der Zauberer aus. „Die Einhornprinzessinnen werden dieses Mal sehr verärgert sein. Sie haben mir gesagt, ich soll kein Gemüse mehr verzaubern." Ernesto rannte gerade zum Fenster, als ein glitzernder gelber Saphir in den Himmel stieg. Dann, mit einem letzten Donnerschlag, fiel der hell leuchtende Stein in eine schimmernde, violette Schlucht in der Ferne.

„Das war der magische Edelstein von Prinzessin Sonnenstrahl", jammerte Ernesto und bedeckte sein Gesicht mit seinen schuppigen Händen. „Ohne ihn hat Sonnenstrahl keine magischen Kräfte mehr. Jetzt habe ich es wirklich vermasselt!"

Die Zauberechse sprang zu einer Kiste in der Ecke des Raumes. Ernesto zog ein Buch heraus, sah sich den Einband an und warf es zur Seite. Er zog ein weiteres Buch heraus und warf es weg. Und dann noch eins. Schließlich fand er das richtige Buch. In silbernen Buchstaben lautete der Titel: Das Buch der Umkehrzauber. Die Zauberechse blätterte durch die Seiten und murmelte: „Oje, oje! Prinzessin Sonnenstrahl hat ihre Magie verloren, und das ist allein meine Schuld!"

Er las laut von einer Seite aus dem hinteren Teil des Buches vor: „Es gibt nur einen Weg, einen Zauber umzukehren, der einer Einhornprinzessin ihren magischen Edelstein geraubt hat. Ein Menschenmädchen, das an Einhörner glaubt, muss in das Regenbogenreich reisen, den verlorenen Edelstein finden und ihn der Prinzessin zurückgeben. Nur dann wird die

Prinzessin ihre magischen Kräfte wiedererlangen. Hinweis: Nur Menschenmädchen, die an Einhörner glauben, können Einhörner sehen." Die Augen der Zauberechse funkelten vor Aufregung.

„Wir brauchen ein Menschenmädchen! Und zwar eines, das Einhörner sehen kann!", rief er, während er aus dem Zimmer rannte und die Wendeltreppe des Palastes hinunterlief, um die Einhornprinzessinnen zu finden.

Zweites Kapitel

An einem Samstagnachmittag unternahm Klara Enkels mit ihrer Familie eine Wanderung durch den Wald. Ihre Eltern marschierten voran und ihr älterer Bruder Kai folgte ihnen dicht auf den Fersen. Er schaute durch ein Fernglas. „Ich sehe einen Falken!", jauchzte er. „Oh, wartet. Das ist nur eine weitere Krähe."

Was Klara wirklich sehen wollte, viel mehr noch als eine Krähe oder einen Falken, war ein Einhorn. Ihre Eltern hatten ihr immer wieder gesagt, dass es Einhörner nicht gibt. „Die gibt es nur in der Fantasie, Schatz", erklärte ihre Mutter. Und Klara nickte immer, aber sie konnte nicht aufhören, sich zu fragen, ob ihre Mutter vielleicht falsch lag.

Ob wahr oder ausgedacht, wenn es etwas gab, das Klara liebte, dann waren es Einhörner. Die Wände ihres Schlafzimmers waren mit Postern von rosa und violetten Einhörnern bedeckt. Sie hatte eine Einhorn-Bettdecke, Einhorn-Vorhänge und eine Einhorn-Lampe auf ihrem Nachttisch. Ihre rosa Schultasche hatte ein Bild von einem Einhorn auf der Rückseite. Sie besaß sogar Einhorn-Radiergummis für die Schule und silberne Einhorn-Turnschuhe mit rosafarbenen Lichtern, die blinkten, wenn sie ging, sprang und lief. Im Kunstunterricht hatte sie sechs Einhorn-Aquarellbilder gemalt. Sie waren alle am Kühlschrank neben dem wöchentlichen Speiseplan für das Schulessen und den Spielplänen für Klaras und Kais Fußball befestigt.

Klaras Vater drehte sich vor der größten Eiche, die Klara je gesehen hatte, um. „Es ist Zeit, zurückzufahren”, kündigte er an. „Wir müssen rechtzeitig zu Hause sein, um vor dem Abendessen noch in den Lebensmittelladen zu kommen.” Klara seufzte. Sie wollte noch nicht nach Hause, auch wenn die einzigen Vögel Krähen waren und es keine Einhörner gab. Außerdem hasste sie es, in den Lebensmittelladen zu gehen. Egal, was Klara sagte oder tat, ihre Eltern wollten nie die glasierten Marshmallow-Einhorn-Frühstücksflocken kaufen. Die Schachtel glänzte rosa und zeigte ein Bild eines riesigen violetten Einhorns, das aus einer

Müslischale sprang. „Es ist zu zuckerhaltig", meinte ihr Vater immer, während er den Einkaufswagen an den Einhorn-Flocken vorbeischob. Dann zog er gewöhnlich eine langweilige, braune Schachtel Vollkornquadrate aus dem Regal.

Als Klara sich umdrehte, um ihren Eltern und Kai zu ihrem Haus zu folgen, schaute sie auf ihre Turnschuhe und machte einen Sprung. Die blinkenden rosa Lichter munterten sie immer auf. In diesem Moment erblickte Klara etwas, das aus einem Laubhaufen neben der riesigen Eiche schimmerte. Am Wegesrand bückte sie sich, streckte ihre Hand aus und hob es auf. Es war ein langer, altmodischer Schlüssel. Aber das Seltsamste daran war der Griff, eine funkelnde, rosa Kristallkugel.

„Schatz", rief Klaras Mutter. „Hast du etwas gefunden?"

„Nur einen alten Schlüssel", antwortete Klara und steckte ihn in ihre Tasche.

Am Abend, als sie sich bettfertig machte, holte Klara ihren liebsten grünen Einhorn-Pyjama aus der Schublade ihrer Kommode. Beim Ausziehen ihrer Jeans spürte sie etwas Schweres und Spitzes. Sie steckte ihre Hand in die Hosentasche und umschloss mit ihren Fingern den Schlüssel. Den hatte sie ganz vergessen!

Als der Schlüssel in Klaras Hand lag, bemerkte sie, dass die Kristallkugel am Griff nun smaragdgrün leuchtete. Hatte sie sich an diesem Nachmittag nur eingebildet, die Kugel sei rosa? „Hä", wunderte sie sich. Sie legte den Schlüssel auf ihre Kommode neben eine Einhorn-Statue, die sie aus Pfeifenreinigern und Milchkartons gebastelt hatte.

Klaras Mutter kam herein, um sie zuzudecken. Da sah sie den Schlüssel. „Was für ein außergewöhnlicher Schlüssel!", stellte ihre Mutter fest. „Er ist wunderschön!"

„Als ich ihn fand, war sein Griff rosa", erklärte Klara.

„Das ist seltsam", wunderte sich ihre Mutter. An der Stimme ihrer Mutter erkannte Klara, dass sie ihr nicht glaubte. Sie sagte das im selben Ton, mit dem sie Klara erzählte, Einhörner seien nur Einbildung. „Da hat sich wahrscheinlich nur der Sonnenuntergang im Glas gespiegelt."

„Hmm", murmelte Klara, aber je mehr sie darüber nachdachte, desto überzeugter war sie, dass der Griff rosa gewesen war.

Drittes Kapitel

Als Klara am nächsten Morgen aufwachte, sprang sie aus dem Bett und schnappte sich den Schlüssel von ihrer Kommode. Jetzt leuchtete die Kristallkugel blau, in der Farbe des Ozeans! Hatte ihre Mutter recht und die Kugel erhielt durch das Licht die verschiedenen Farben? Klara öffnete ihre Vorhänge und schaltete ihre Einhornlampe ein. Aber auch im klaren Morgenlicht schimmerte die Kugel dunkelblau.

Lange starrte sie den Schlüssel an. Konnte sie damit möglicherweise das Tor zu einem geheimen, magischen Garten öffnen? Oder schloss er eine Schatztruhe auf? Oder öffnete er eine Schlosstür? Vielleicht gehörte er einer Fee oder einer Hexe oder gar einem Troll? Und dann

murmelte sie vor sich hin: „Was ist, wenn derjenige, der den Schlüssel im Wald verloren hat, zurückkommt, um ihn zu suchen? Was ist, wenn sie ihn brauchen und versuchen, ihn zu finden?"

Plötzlich hatte Klara ein schlechtes Gewissen, dass sie ihn mitgenommen hatte. Vielleicht hätte sie ihn dort in dem Laubhaufen zurücklassen sollen. Sie beschloss, ihn so bald wie möglich zurückzubringen.

Schnell zog sie ihr Lieblingsoutfit an: schwarze Jeans, ein grünes Kleid mit einem Einhorn auf der Vorderseite, knallgelbe Socken und ihre blinkenden Einhorn-Turnschuhe. Sie schrieb ihren Eltern eine Nachricht, dass sie spazieren ging und pünktlich zum Frühstück zu Hause sein würde. Dann rannte sie aus der Tür, durch den Garten und in den Wald, wo ihre Familie am Tag zuvor wanderte. Klara lief mit blinkenden Turnschuhen den Waldweg entlang, bis sie zu der riesigen Eiche kam.

Klara kniete nieder und griff in ihre Tasche nach dem Schlüssel. Sie beschloss, ihn auf eine Wurzel der Eiche zu legen, statt unter dem Laubhaufen, wo sie ihn gefunden hatte. So wäre er leichter zu sehen.

In diesem Moment vernahm Klara ein Rascheln hinter sich. Dann sagte eine helle Stimme, wie sie sie zuvor noch nie gehört hatte: „Oh, ich weiß, ich habe ihn hier liegen lassen. Ich weiß es. Aber wo ist er? So komme ich nie mehr nach Hause!"

Klara schnappte nach Luft. Die Stimme klang nicht so, als würde sie einem Menschen gehören. Sie drehte sich langsam um. Und dann erstarrte sie. Klara traute ihren Augen nicht.

Direkt vor ihr, fünf Fuß entfernt, stand etwas, das wie ein gelbes Pony aussah. Sein Fell leuchtete in der Farbe einer Butterblume und es hatte goldene Hufe, eine seidige blonde Mähne und ein goldglänzendes Horn! Es war kein Pony, erkannte Klara, während sie den Atem anhielt. Es war ein Einhorn!

Klara zwickte sich. Das Einhorn war immer noch da.

Sie schloss ihre Augen, zählte bis fünf und öffnete sie wieder. Das Einhorn war immer noch da.

Sie zwickte sich so fest, dass sie stöhnte: „Autsch!" Das Einhorn war immer noch da.

Klara sah, mit offenem Mund und weit aufgerissene Augen, wie das Einhorn mit seiner Nase und seinen Hufen die Blätter aufwühlte. Um den Hals trug das Einhorn eine Halskette aus blauem Band. Klara bemerkte ein großes Loch im Band, und sie fragte sich, ob da etwas fehlte, das an der Kette befestigt war.

„Herrje, wo ist er denn?", jammerte das Einhorn.

„Suchst du den hier?", fragte Klara und hielt den Schlüssel vor sich hin. Jetzt leuchtete die Kugel wieder rosa.

Das Einhorn bäumte sich auf und trat einen Schritt zurück. Mit großen, dunklen Augen blickte es auf den Schlüssel hinunter. Ein breites Grinsen breitete sich auf dem Gesicht des Einhorns aus. „Der Schlüssel!", wieherte es. „Danke!" Dann nahm es mit dem Maul Klara den Schlüssel aus der Hand. Klaras Herz setzte einen Schlag lang aus. Die Nase eines Einhorns hatte gerade ihre Haut gestreift.

Dann erstarrte das Einhorn. Es sah Klara an, kniff die Augen zusammen und ließ den Schlüssel zwischen die Hufe fallen. „Warte mal!“, sagte das Einhorn. „Kannst du mich sehen?“

„Natürlich“, antwortete Klara. Es schien eine wirklich seltsame Frage zu sein.

„Bist du dir ganz sicher?” Das Einhorn warf die blonde Mähne und zuckte mit dem blonden Schweif.

„Natürlich bin ich mir sicher!”, bestätigte Klara und lachte. „Du stehst ja direkt vor mir. Du hast gerade meine Hand mit deiner Nase berührt.”

„Du kannst mich sehen! Du kannst mich sehen!”, sang das Einhorn, tanzte im Kreis und bäumte sich auf seinen Hinterbeinen auf. „Du bist ein Menschenmädchen, das an Einhörner glaubt!”

„Nun“, kicherte Klara, „ja, ich nehme an, das ist wahr.“

„Du musst mich ins Regenbogenreich begleiten“, bettelte das Einhorn. „Bitte sag, dass du das machst! Und übrigens, mein Name ist Prinzessin Sonnenstrahl.“

„Wohin?“, fragte Klara. „Und du bist eine Prinzessin? Soll ich knicksen?“

„Du brauchst nicht zu knicksen“, lachte Sonnenstrahl. „Das Regenbogenreich ist ein magisches Land, das von meinen Schwestern und mir regiert wird. Normalerweise halten wir uns von der Menschenwelt fern, aber ich habe ein kleines Problem. Nun, eigentlich ein großes Problem. Und ich brauche wirklich deine Hilfe.“

„Was ist denn los?“, fragte Klara. Sie versuchte sich vorzustellen, was für ein Problem ein königliches Einhorn haben könnte.

„Ich nehme an, du hast das Loch in meinem Halsband bemerkt", begann Sonnenstrahl, verdrehte die Augen und sah an ihrer Brust hinunter.

Sonnenstrahls Gesicht sah lustig aus, aber Klara schaffte es, zu nicken, anstatt zu lachen.

„Mein magischer gelber Saphir, der mir meine besonderen Kräfte verleiht, ist weg. Ohne ihn könnte ich genauso gut ein Pony mit einem goldenen Horn sein!", rief Sonnenstrahl dramatisch aus.

Nun konnte sich Klara ein Kichern nicht verkneifen. Als sie sich wieder gefangen hatte, fragte sie: „Wie hast du deinen gelben Saphir verloren?"

Sonnenstrahl seufzte. „Nun, es gibt da diese Zauberechse Ernesto, die in unserem Palast lebt. Und wenn Ernesto sich langweilt, vergnügt er sich damit, Obst und Gemüse zu verzaubern.

Normalerweise versucht er, sie in verschiedene Farben zu verwandeln, nur so zum Spaß, aber manchmal versucht er auch, sie in Spinnen und Schmetterlinge zu verwandeln. Wir haben ihn gebeten, damit aufzuhören, weil seine Zaubersprüche immer schiefgehen. Immer. Aber er hört nie auf uns. Und so hat er dieses Mal aus Versehen einen Zauber gesprochen, der meinen gelben Saphir wegfliegen ließ. Jetzt ist er verschwunden, und der einzige Weg, den Zauber rückgängig zu machen, ist, dass ein Menschenmädchen, das an Einhörner glaubt, meinen magischen Edelstein findet und ihn in meine Halskette zurückbringt. Seit gestern Morgen bin ich in eurer Welt und laufe durch den Wald, um Menschenmädchen zu finden. Aber sie haben alle durch mich hindurchgestarrt, als wäre ich aus Luft. Das liegt daran, dass sie nicht an

Einhörner glauben. Du bist die Erste, die mich sehen konnte. Ich hatte schon aufgegeben und war bereit, nach Hause zurückzukehren. Doch dann traf ich dich, als ich nach meinem Schlüssel suchte."

Klara strahlte. „Meine Mutter erklärt mir immer, Einhörner wären nur eine Erfindung der Fantasie. Aber ich habe schon immer gewusst, dass es Einhörner gibt."

„Meine Mutter hat mir immer gesagt, Menschen würden komisch riechen", berichtete Sonnenstrahl, schob ihre Nase in Richtung Klara und atmete lautstark ein. Klara wünschte sich plötzlich, sie hätte an diesem Morgen ein Bad genommen. Nach einigen Sekunden des Schnüffelns stellte Sonnenstrahl energisch fest: „Meine Mutter hat sich geirrt! Du riechst überhaupt nicht schlecht."

Klara kicherte vor Erleichterung.

„Also”, bat Sonnenstrahl, „kommst du mit ins Regenbogenreich und hilfst mir, meinen magischen Edelstein zu finden?”

Klaras Herz hüpfte vor Aufregung. Aber dann dachte sie an ihre Eltern, die sich Sorgen machen würden, wenn sie nicht bald nach Hause käme. „Das Einzige”, erwiderte sie, „ist, ich habe meinen Eltern eine Nachricht hinterlassen, dass ich rechtzeitig zum Frühstück zurück bin.“

„Kein Problem”, meinte Sonnenstrahl. „Die menschliche Zeit wird eingefroren, während du im Regenbogenreich bist. Wenn du es wieder verlässt, ist es genau so spät wie beim Eintritt. Du wirst rechtzeitig zum Frühstück zurück sein.”

„Nun”, sagte Klara mit heftigem Herzklopfen. Sie konnte sich nicht erinnern, jemals so aufgeregt und nervös gewesen zu sein. „Worauf warten wir noch?"

Sonnenstrahl bäumte sich auf und wieherte aufgeregt. „Fantastisch!", jubelte sie und ließ sich auf die Knie sinken. „Steig auf meinen Rücken."

„Ich bin noch nie auf einem Einhorn geritten, nicht einmal auf einem Pony", flüsterte Klara.

„Nun, ich hatte noch nie eine Reiterin", schmunzelte Sonnenstrahl. „Halt dich an meiner Mähne fest, gemeinsam werden wir das schon hinbekommen."

Vorsichtig kletterte Klara auf Sonnenstrahl. Der Rücken des Einhorns war warm, weich und erstaunlich stabil. Ihre Mähne fühlte sich in Klaras Händen wie Seidenfäden an. Sonnenstrahl stand auf, hob den Schlüssel mit ihrem

Maul auf und trabte zu der Eiche hinüber. Dann schob sie den Schlüssel in ein winziges Loch im Baumstamm, das Klara nie bemerkt hatte. Plötzlich begann sich der Wald zu drehen. Er wirbelte schneller und schneller, bis die Bäume nur noch ein grünbrauner Fleck waren. Klara hielt Sonnenstrahls Mähne so fest, wie sie konnte. Und dann hatte sie das Gefühl, sie beide würden fallen. Es war, als wäre man in einem Fahrstuhl, der ohne Stopp nach unten raste.

Mit einem Ruck hörte das Drehen und Fallen plötzlich auf. Klara blinzelte. Sie befanden sich in einem der größten und prächtigsten Räume, den Klara je gesehen hatte. Violette Samtvorhänge hingen von den raumhohen Fenstern. Kristallene Kronleuchter verbreiteten Regenbogenlicht auf dem weißen Marmorboden. An einer Wand standen silberne Tröge, die mit Wasser und etwas anderem gefüllt waren, das Klara an Honig oder Ahornsirup erinnerte. Harfenmusik spielte leise, und silberne Kerzen brannten in Glashaltern.

„Willkommen im Spiralpalast", sagte Sonnenstrahl.

Viertes Kapitel

Sonnenstrahl kniete sich hin und Klara rutschte seitlich von Sonnenstrahls Rücken. Die rosa blinkenden Lichter ihrer Turnschuhe spiegelten sich auf dem glänzend weißen Boden. Sie schloss ihre Augen und atmete ein. Die Luft roch nach Kiefern und Lavendel.

„Mach dich bereit, die anderen Einhornprinzessinnen zu treffen", flüsterte Sonnenstrahl. Sie zwinkerte Klara zu, bevor sie rief: „Hallo,

Leute! Ich bin wieder da! Und ratet mal, was ich gefunden habe?"

Klara hörte das laute Klappern von Hufen auf den Marmorfliesen. Und dann standen sechs weitere Einhörner, jedes in einer anderen Farbe und jedes geschmückt mit einer Edelsteinkette, im Raum.

„Das sind meine älteren Schwestern", stellte sie Sonnenstrahl Klara vor. „Die silberne ist Prinzessin Lichtblitz. Ihre Zauberkraft verleiht ihr die Gabe, so schnell zu rennen, dass Blitze aus ihrem Horn und ihren Hufen schießen. Die grüne ist Prinzessin Blütenpracht. Mit ihrer Zauberkraft lässt sie Dinge wachsen und schrumpfen. Die violette ist Prinzessin Kristallglanz. Sie malt wunderschön und kann die Farbe eines jeden Gegenstandes verändern. Die blaue ist Prinzessin Lufthauch. Sie kann die stärksten

Windstöße herbeizaubern, die man sich vorstellen kann. Die schwarze ist Prinzessin Mondschein. Ihre Kraft liegt darin, alles dunkel wie die Nacht zu machen. Und die orangefarbene ist Prinzessin Glühwürmchen. Sie kann Schwärme von Glühwürmchen erschaffen und Dinge zum Leuchten bringen."

Die Einhornprinzessinnen ließen ihre Schweife herumsausen, warfen ihre Mähnen zurück und starrten Klara mit großen, leuchtenden Augen an.

„Es ist wundervoll, euch kennenzulernen", sagte Klara strahlend. „Ich bin Klara Enkels. Ich bin keine Prinzessin. Ich besitze keine magischen Kräfte. Aber ich freue mich sehr, hier zu sein." Klara knickste nur so zum Spaß. Sie konnte sich nicht vorstellen, jemals wieder die Gelegenheit zu bekommen, vor einer Herde von

Einhornprinzessinnen zu knicksen.

Lichtblitz trat mit einem ernsten Gesichtsausdruck vor. Ein Diamant, der an einem rosa Band um ihren Hals befestigt war, schimmerte im Licht des Kronleuchters. „Bist du absolut und hundertprozentig sicher, dass du uns sehen kannst?”, fragte sie.

„Ja”, antwortete Klara.

Lichtblitz schnupperte mehrere Male an ihr. Dann wandte sie sich an Sonnenstrahl und flüsterte, gerade so laut, dass Klara es noch hören konnte: „Ist es nicht seltsam, dass sie nicht riecht? Ich dachte schon, ich müsste ein paar Fenster öffnen und eine Lüftung einschalten.”

Sonnenstrahl flüsterte zurück: „Ich weiß. Ich dachte, ich müsste mir die ganze Zeit, in der ich in der Menschenwelt bin, die Nase zuhalten. Aber es stellte sich heraus, dass die Menschen nicht wirklich riechen. Zumindest die meisten von ihnen nicht."

„Interessant", meinte Lichtblitz, und dann sahen die beiden Schwestern Klara an. Klara tat so, als hätte sie die beiden nicht gehört, während sie versuchte, nicht zu kichern. Sie beschloss, nicht zu erwähnen, dass manche Menschenjungen, insbesondere ihr Bruder, manchmal doch ein wenig müffelten.

„Klara", begann Lichtblitz, „hat Sonnenstrahl dir ihre Situation mit der Zauberechse und dem Zauberspruch erklärt?"

„Ja", bestätigte Klara. Sie wollte fragen, ob sie auch die Zauberechse kennenlernen würde. Wie so eine Zauberechse wohl aussah? Aber als sie in die eisigen Augen von Lichtblitz blickte, beschloss sie, sich später bei Sonnenstrahl nach der Zauberechse zu erkundigen.

„Hat Sonnenstrahl dir von den verschiedenen Bereichen im Regenbogenreich erzählt?"

„Welche Bereiche?", wunderte sich Klara. „Ich glaube nicht."

Lichtblitz runzelte die Stirn.

„Dazu wollte ich gerade kommen", warf Sonnenstrahl ein. Und dann raunte sie Klara zu: „Lichtblitz ist die älteste Schwester. Nichts, was ich tue, ist je gut genug für sie." Klara nickte verständnisvoll. Sie wusste genau, wie es sich anfühlt, eine jüngere Schwester zu sein.

„Lass sie mich dir erklären", sagte Lichtblitz in einem Ton, den Klara von ihren Lehrern in der Schule kannte. Sonnenstrahl rollte mit den Augen und schnaubte.

Seufzend fuhr Lichtblitz fort: „Unsere Mutter, Königin Merkuria, teilte das Regenbogenreich so auf, dass jede Prinzessin ihr eigenes Land oder ihren eigenen Bereich erhielt, über den sie herrschen konnte. Anhand unserer magischen Kräfte entschied sie, welche Prinzessin welchen Bereich bekommt. Sonnenstrahls Kraft liegt darin, Wärme und Sonne zu erzeugen, deshalb herrscht sie über die Glitzerschlucht. Wir vermuten, dass Sonnenstrahls gelber Saphir in der Schlucht liegt. Ich weiß, das ist alles etwas viel auf einmal. Ergibt das einen Sinn für dich?"

Klara nickte, um zu zeigen, dass sie es verstanden hatte.

„Bist du sicher?", wollte Lichtblitz wissen. „Ich kann alles noch einmal erklären."

„Ich hab's verstanden", versicherte Klara. Sie fragte sich, ob Lichtblitz dachte, Menschenmädchen wären nicht sehr klug. Vielleicht hatte Königin Merkuria ihren Töchtern erzählt, dass Menschen sowohl stinken als auch dumm sind.

„Nun gut", sprach Lichtblitz. „Bist du bereit, heute Morgen zur Glitzerschlucht zu gehen, um nach Sonnenstrahls gelbem Saphir zu suchen?"

„Auf jeden Fall", antwortete Klara. Sie spürte einen Hauch von Aufregung. Sie war noch nie in einer Schlucht gewesen, und schon gar nicht in einer, die glitzerte.

„Wunderbar", rief Lichtblitz und lächelte. „Hast du schon gefrühstückt?"

Klara merkte plötzlich, wie hungrig sie war. Seit dem Abendessen am Abend zuvor hatte sie nichts mehr gegessen. „Noch nicht", teilte sie ihr mit.

Lichtblitz hob mit ihrem Maul eine silberne Glocke auf und läutete sie. Kaum hatte diese ein leises Klingeln von sich gegeben, kamen fünf scharlachrote Drachen, jeder mit einer Schürze und Kochmütze, pfeifend zur Tür herein und schoben goldene Tröge auf Rädern vor sich her. Blaue Rauchsäulen und winzige grüne Flammen tanzten aus ihren Nasenlöchern.

„Danke", sagte Lichtblitz.

„Gern geschehen", erwiderte einer der Drachen, während grünes Feuer aus seinem Maul drang.

„Drachen sind großartige Köche", flüsterte Sonnenstrahl Klara ins Ohr. „Sie benötigen nicht einmal Herde oder Öfen, weil sie Feuer atmen. Und sie können unser Obst mit ihren Klauen statt mit Messern schneiden."

Klara nickte, während sie die Drachen beim Verlassen des Raums beobachtete, wie sie ihre roten Schwänze über den Boden zogen. „Ich wusste nicht, dass es auch Drachen gibt", stellte Klara verwundert fest.

„Natürlich gibt es sie”, protestierte Sonnenstrahl und zuckte mit den Schultern. „Wie auch immer, ich bin am Verhungern. Lass uns frühstücken.”

In den Trögen befanden sich Scheiben von etwas, das lila-rosa gestreiften Tomaten mit blaugrünen Kernen ähnelte, sowie Stapel von Keksen aus Heu und orangefarbenen Beeren, anstatt aus Haferflocken und Rosinen. Die Einhörner tauchten ihre Mäuler in die Tröge und begannen geräuschvoll zu kauen. Klara sah zu und wusste nicht, was sie tun sollte. Sollte sie auch auf Händen und Knien aus dem Trog essen, genau wie die Einhörner? Zu ihrer großen Erleichterung kam einer der Drachen mit einem Silbertablett voll gestreifter Früchte zurück.

„Vielen Dank“, lächelte Klara und nahm das Tablett. Ihr Magen knurrte, als sie in die Frucht

biss. Es war das frischeste und saftigste Obst, das sie je gegessen hatte. Es schmeckte wie eine Mischung aus Kiwi, frischem Pfirsich und Kokosnuss. Die kleinen blauen Kerne waren knusprig und süß, wie Karamellbonbons.

„Wie heißt diese Frucht?", fragte Klara Sonnenstrahl. „Sie schmeckt unglaublich!"

„Das sind riesige Runkelbeeren aus dem Garten von Blütenpracht. Sie ist eine erstaunliche Gärtnerin! Sie nutzt ihre magischen Kräfte, um die Früchte wachsen und das Unkraut schrumpfen zu lassen."

Blütenpracht nickte, während sie auf einer

Runkelbeere herumkaute. Der Smaragd an ihrer Halskette glitzerte. „Es ist sehr praktisch, dass ich mein Obst und Gemüse mit Magie wachsen lassen kann. Jetzt, wo Sonnenstrahls gelber Saphir weg ist, gibt es keine Sonne mehr für meinen Garten."

„Jetzt, nachdem ich Klara gefunden habe, sollte sich das bald ändern", erwiderte Sonnenstrahl. „Ich bin sicher, sie wird meinen gelben Saphir in kürzester Zeit finden."

„Ich werde mein Bestes geben", versprach Klara. Sie war ein wenig nervös. Was, wenn sie den Edelstein nicht finden konnte? „Ich schaffe das", murmelte Klara leise vor sich hin. Und dann atmete sie einmal tief ein und aus, bevor sie einen weiteren Bissen von ihrer Runkelbeere nahm. Als sie satt war, steckte sie eine Beere in ihre Jeanstasche, nur für den Fall, dass sie später

Hunger bekommen sollte.

Sobald die Einhörner mit dem Essen fertig waren, sprang Sonnenstrahl mit neuer Energie auf. „Also, los geht´s!", rief sie. „Ich kann es kaum erwarten, dir die Glitzerschlucht zu zeigen." Dann flüsterte Sonnenstrahl Klara zu: „Und ich bin bereit für eine Pause von Lichtblitz. Ich liebe sie, aber meine älteste Schwester treibt mich manchmal in den Wahnsinn!"

Klara grinste. „Ich kenne das Gefühl. Ich habe einen älteren Bruder."

Sonnenstrahl kniete sich hin und Klara kletterte auf ihren Rücken.

„Auf Wiedersehen!", grüßte Sonnenstrahl ihre Schwestern, die aufgeregt im Kreis tänzelten. „Wenn ihr mich das nächste Mal seht, habe ich meinen gelben Saphir und meine Zauberkräfte zurück."

Sonnenstrahl schnalzte mit ihrem Schweif und trabte mit Klara, die auf ihrem Rücken saß, auf das Schlosstor zu. „Viel Glück!", riefen die Einhornprinzessinnen ihnen nach.

„Sonnenstrahl", schrie Lichtblitz, „mach keine Dummheiten. „Ihr habt viel Arbeit zu erledigen!"

Fünftes Kapitel

Nachdem sie durch das Glastor waren, trabte Sonnenstrahl einen Weg aus klaren, glänzenden Steinen entlang, der vom Schloss in Richtung eines dichten Kiefernwaldes wegführte. Kurz drehte sich Klara um und blickte hinter sich auf den Spiralpalast. In diesem Moment wusste sie, woher der Name stammte: Das Haus der Prinzessinnen war wie ein riesiges, weißes, glitzerndes Horn eines Einhorns geformt und schraubte sich in den Himmel. „Wow", murmelte Klara.

Sobald sie außer Sichtweite des Palastes waren, rannte Sonnenstrahl schneller, bäumte sich auf, lachte, sprang und spielte. „Whoa!", rief Klara und schlang ihre Arme um Sonnenstrahls Hals. Aber sie konnte sich das Kichern nicht verkneifen, als Sonnenstrahl im Kreis tanzte.

„Lass dich von Lichtblitz nicht einschüchtern", meinte Sonnenstrahl. „Sie ist viel zu ernst. Uns bleibt genug Zeit für Spaß, auch wenn wir nach meinem gelben Saphir suchen." Die Prinzessin wurde noch schneller und sprang über eine Kiefer, die auf dem Weg lag. „Ich freue mich einfach, aus diesem heißen, stickigen Palast mit dieser albernen Harfenmusik und diesen stinkenden Kerzen herauszukommen." Sonnenstrahl wieherte, als sie über weitere umgestürzte Bäume sprang. Dann begann sie für mehrere

Minuten im Galopp einen schmalen, gewundenen Waldweg entlangzurasen. Schließlich bremste sie ab. „Wir sind fast an der Glitzerschlucht!”, verkündete sie.

Tatsächlich wurde der Wald nun lichter, mit immer weniger Bäumen. „Schließ deine Augen!”, rief Sonnenstrahl. „Ich kann es kaum erwarten, dass du die Schlucht siehst! Du wirst sie lieben!”

Klara schloss ihre Augen. Sie spürte, wie Sonnenstrahl nochmals beschleunigte und packte die Mähne des Einhorns noch fester. Plötzlich fühlte sich die Luft viel kühler an, so als wäre Sonnenstrahl gerade in einen Kühlschrank gelaufen. Klara fröstelte.

„Okay! Jetzt kannst du gucken!”, rief Sonnenstrahl aufgeregt mit hoher Stimme. Klara öffnete ihre Augen und holte tief Luft. Sie und

Sonnenstrahl standen am Rande einer wunderschönen violetten Schlucht. Hier oben gab es Türme aus riesigen pflaumenfarbenen Felsen, Lavendelbeete, Veilchenfelder und Kieselsteine, die wie silberne Trauben aussahen. Unten in der Schlucht wuchsen Kakteen in allen erdenklichen Lila-Tönen, und der Sand sah genauso aus wie der lila Glitzer, den sie im Kunstunterricht in der Schule benutzt hatte. In ihrem Leben hatte Klara noch nie so viel Lila gesehen!

„Willkommen in der Glitzerschlucht!", sang Sonnenstrahl. „Das ist mein Bereich des Regenbogenreichs!" Sonnenstrahl kniete sich hin, und Klara rutschte von ihrem Rücken.

„Das ist unglaublich", staunte Klara. „Es ist der schönste Ort, den ich je gesehen habe."

„Hier ist es noch schöner, wenn die Sonne am Himmel steht", erklärte Sonnenstrahl seufzend.

„Und es ist viel, viel wärmer. Du wirst sprachlos sein, wie schön es aussieht, wenn du meinen gelben Saphir gefunden hast und ich die Sonne zum Vorschein bringen kann."

In diesem Moment bemerkte Klara, dass das Licht in der Schlucht etwas seltsam war. Der violette Sand glänzte nicht, obwohl er wie Glitzer aussah. Die Kakteen warfen keine Schatten. Und das Licht schien trüb zu sein, wie an einem bewölkten Tag, auch wenn der Himmel völlig klar war. Klara blickte nach oben. Die Sonne war verschwunden! Kein Wunder, dass es so kalt war. Klara fröstelte und rieb sich die Arme. Sie wünschte, sie hätte ihren Wintermantel mitgenommen.

Plötzlich stürmte Sonnenstrahl nach vorne, drehte sich um und sprach: „Komm! Lass uns hinunter auf den Grund der Schlucht gehen.

Dort können wir mit der Suche nach dem gelben Saphir beginnen."

Gemeinsam marschierten Klara und Sonnenstrahl einen Weg entlang, der nach unten führte. Eidechsen, Schildkröten und Frösche in der Farbe von Traubengelee kletterten und hüpften auf den Felstürmen, und hellviolette Sittiche hockten in den Zweigen der silbrig-violetten Bäume.

Während sie so wanderten, spürte Klara plötzlich etwas unglaublich Heißes. Und dann huschte etwas Kleines, Rotes über den Weg und verschwand hinter einem Felsen. Zuerst vermutete Klara, es sei ein Streifenhörnchen. Aber als es erneut den Weg querte, diesmal näher an Klara und Sonnenstrahl, konnte Klara erkennen, dass es wie eine rot-orangefarbene Kerzenflamme mit strampelnden Armen, Beinen und einem Schwanz aussah.

„Huch!", schrie Klara auf. „Was ist das?"

„Oh, das ist ein Flammenbiss", erklärte Sonnenstrahl. „Pass nur auf, dass er dich nicht berührt. Und pass auf, dass du keine Runkelbeerkerne auf den Boden fallen lässt.

Flammenbisse lieben Runkelbeerkerne so sehr, dass sie dir tagelang folgen in der Hoffnung, du fütterst sie."

Der Flammenbiss huschte hinter einen Busch mit pflaumenfarbenen Blättern. Und dann sprang er heraus, direkt vor Klara und Sonnenstrahl. Er kreischte und flitzte im Kreis, sodass seine Arme, Beine und sein Schwanz in alle Richtungen tanzten. Klara sprang nach hinten. Sie schirmte ihre Augen vor dem hellen Licht des Flammenbisses ab. Auf ihrer Stirn bildeten sich Schweißperlen von seiner Hitze.

„Husch!", befahl Sonnenstrahl. „Geh weg!" Der Flammenbiss kreischte und rannte weg. „Sie sind nicht gefährlich, aber sie sind sehr lästig", stöhnte Sonnenstrahl. „Wenigstens gehen sie weg, sobald man es ihnen befiehlt." Kaum war der Flammenbiss verschwunden, kehrte die

Kälte zurück. Klara fröstelte und hoffte, auf dem Grund der Schlucht würde es wärmer sein.

Sechstes Kapitel

Während Sonnenstrahl und Klara auf den Grund der Schlucht wanderten, war es Klara so kalt, dass sie mit den Zähnen klapperte.

„Es ist ziemlich kühl", jammerte Klara und berührte ihre Arme, die von einer Gänsehaut überzogen waren. „Du hast nicht zufällig eine Jacke, die ich anziehen könnte, oder?"

„Hmm", murmelte Sonnenstrahl. „Einhörner tragen eigentlich keine Jacken, also habe ich auch keine, die ich dir leihen könnte. Einige meiner Schwestern tragen gerne Umhänge, aber in der Glitzerschlucht ist es normalerweise so heiß, dass ich keinen besitze. Abgesehen davon würde er dir auch nicht passen."

Genau in diesem Moment sah Klara aus den Augenwinkeln etwas Gelbes inmitten des Lilas. Sie drehte sich um und entdeckte etwas auf einem lavendelfarbenen Kaktus hängend – eine gelbe Jacke und gelbe Stiefel mit einem flauschigen Futter. Beides hatte genau die Farbe von Sonnenstrahl.

„Schau nur!", juchzte Klara. Sie und Sonnenstrahl liefen hinüber. An der Jacke hing ein Schild mit der Aufschrift: **Liebe Klara, Danke für deine Hilfe. Mit freundlichen Grüßen, Ernesto.**

„Ernesto?", wunderte sie sich und zog schnell die Jacke an. „Das ist die Zauberechse, oder?"

„Ja", antwortete Sonnenstrahl. „Ich wette, er

wollte die Jacke und die Stiefel lila färben, aber sie sind gelb geworden." Beide kicherten.

Klara zog ihre blinkenden Einhorn-Turnschuhe aus und die gelben Stiefel an. „Wie sehe ich aus?", wollte sie wissen und wirbelte im Kreis herum.

„Fabelhaft gelb!", rief Sonnenstrahl aus. „Aber immer noch nicht ganz so gelb wie ich."

Klara war jetzt viel wärmer mit ihren neuen Sachen.

„Nun gut", begann Klara und betrachtete die Felsen, den Sand und die Kakteen. „Ich denke, wir sollten uns auf die Suche nach deinem Saphir machen. Wo hast du schon gesucht?"

Sonnenstrahl errötete und blickte auf ihre Hufe. „Die Wahrheit ist, ich habe noch gar nicht angefangen. Ich weiß nicht einmal, wo ich beginnen soll. Er könnte überall sein."

Klara nickte. Sie blickte auf den violetten Sand vor ihnen. Und auf die violetten Steinhaufen. Und auf die Gruppen von violetten Kakteen. Es musste Millionen von Rissen, Spalten und Ritzen geben, in denen der gelbe Saphir versteckt sein konnte. Sie wusste genau, was

Sonnenstrahl meinte. Es war schwer zu entscheiden, wo man anfangen sollte. Klara holte tief Luft. Von ihren Schulaufgaben wusste sie, ein großes Projekt konnte man nur dann abschließen, wenn man das Ganze Schritt für Schritt anging.

„Fangen wir mit der Suche hier unten an, am Grund der Schlucht. Warum gehst du nicht dorthin und benützt deine Hufe, um im Sand danach zu graben?" Klara deutete auf einen Sandstreifen neben einigen dürren lila Kiefern. „Und ich gehe hierüber und durchsuche den Sand mit meinen Händen." Klara zeigte auf einen Sandstreifen am anderen Ende der Schlucht, neben dem mehrere Kakteen standen.

„Klingt gut!", bestätigte Sonnenstrahl. Sie trabte zu den Kiefern hinüber und begann, mit ihren Hufen und ihrer Nase zu wühlen.

Klara begab sich zu den Kakteen hinüber und setzte sich in den violetten Sand. Durch ihre Jeans hindurch fühlte er sich kalt an, und sie war dankbar, dass ihr die Zauberechse eine warme Jacke und Stiefel herbeigezaubert hatte. Klara schnappte sich eine Handvoll Sand und ließ ihn durch ihre Finger rieseln. Dann schnappte sie sich eine weitere Handvoll. Und noch eine.

Plötzlich glaubte sie ein Geräusch zu hören. War das ein Kichern? Sie hielt inne und blickte sich um. Sie konnte niemanden sehen. Vielleicht war es der Wüstenwind, dachte Klara. Sie zuckte mit den Schultern und griff nach einer weiteren Handvoll Sand. Wieder hörte sie das Kichern. Aber dieses Mal gluckste die Stimme: „Oje! Oh weh! Das kitzelt!"

Klara sah sich um. Diesmal war sie sich sicher, dass es nicht der Wind war. Dann spürte sie, wie der Boden leicht bebte. Klara schnappte sich eine weitere Handvoll Sand. Das Kichern erklang noch lauter, und der Boden bebte noch etwas mehr. „Oje, oh weh!", krächzte die Stimme. „Das kitzelt!"

„Wer ist da?", fragte Klara. Vielleicht versteckt sich ein magisches Wesen hinter einem Kaktus?

„Es ist Dennis", säuselte die Stimme. „Dennis, die Düne."

„Dennis, die Düne?", fragte Klara. „Wo bist du?"

Dennis, die Düne lachte. „Du sitzt auf mir", tönte die Stimme. Klara blickte nach unten. Alles, was sie sah, war lila Sand. Und dann bebte

der Sand unter ihr und das Kichern wurde noch lauter. Plötzlich hob sich der Boden unter ihr, sodass sie auf einem kleinen Hügel saß. Direkt unter ihren Beinen öffneten sich zwei große violette Augen und ein violetter Mund verzog sich zu einem Lächeln.

„Hab dich reingelegt!", gluckste Dennis. „Ich wette, du wusstest nicht, dass du auf einer Düne sitzt!"

Klara kicherte vor Entzücken. „Was ist eine Düne?"

„Es ist ein Sandhügel. Du hast uns wahrscheinlich schon am Strand gesehen. Oder vielleicht das letzte Mal, als du in der Wüste warst." Klara brachte es nicht übers Herz, Dennis zu verraten, dass sie noch nie in der Wüste gewesen war. Und sie war nur einmal am Strand gewesen, als sie fünf Jahre alt war. Sie erinnerte sich nicht gut genug daran, um zu wissen, ob sie Sanddünen gesehen hatte. „Ein paar von uns Dünen leben hier, am Fuße der Glitzerschlucht."

„Tut mir leid, dass ich dich ständig kitzle", entschuldigte sich Klara. „Ich suche den gelben Saphir von Sonnenstrahl. Hast du oder einer deiner Dünenfreunde ihn vielleicht gesehen?"

Dennis machte ein seltsam knurrendes Geräusch. „Nun", begann er. „Ich habe von Diana gehört, die es von Dario gehört hat, der es von Doris gehört hat, die es von den Zwillingen David und Damian gehört hat, dass die Kakteen den gelben Saphir haben. Sie verstecken ihn. Absichtlich." Klara fand heraus, dass Diana, Dario, Doris, David und Damian alle Dünen waren.

„Die Kakteen?", wunderte sich Klara. „Können die Kakteen auch sprechen?"

„Nun", fuhr Dennis fort und klang jetzt noch wütender, „die Kakteen können sprechen. Normalerweise haben sie den ganzen Tag lang mit uns geredet. Aber als wir ihnen sagten, sie sollten Sonnenstrahl den gelben Saphir zurückgeben, meinten sie nur, sie hätten ihn nicht. Und dann haben sie aufgehört, mit uns zu sprechen. Ohne Kakteen, mit denen man sich unterhalten kann, ist es furchtbar einsam hier unten in der Glitzerschlucht."

„Hmm", murmelte Klara. Sie konnte nicht nur Wut, sondern auch Schmerz in Dennis` Stimme hören. Es klang, als würde er seine Freunde vermissen. Und sie hatte auch das Gefühl, dass mehr hinter der Geschichte steckte, als Dennis ihr erzählt hatte. „Hättest du etwas dagegen, wenn ich versuche, mit den Kakteen zu reden?", fragte sie.

„Tu dir keinen Zwang an", grummelte Dennis. „Vielleicht verraten sie ja dir, wo sie den gelben Saphir versteckt haben."

Siebtes Kapitel

Klara stand auf und bürstete Sand von ihrer Jacke, ihren Jeans und ihren Stiefeln. Genau wie Glitzer klebte der Sand an allem.

Auf Zehenspitzen huschte Klara über Dennis und versuchte, ihn nicht mit den Füßen zu kitzeln, obwohl er jedes Mal zusammenzuckte, wenn sie ihren Stiefel in den Boden drückte. Sie kletterte über einen Steinhaufen, der einer riesigen Aubergine ähnelte, und blieb vor einem zitternden lila Kaktus mit fest vor der Brust verschränkten Armen stehen.

„Hallo", grüßte Klara und zeigte ihr liebenswürdigstes und freundlichstes Lächeln.

Der Kaktus blinzelte und runzelte die Stirn. Seine Zähne klapperten und seine Lippen hatten einen Blaustich.

„Ich weiß, dass dir wirklich kalt ist", begann Klara, „aber wärst du bereit, nur einen Moment mit mir zu reden?"

„Das kommt darauf an", knurrte der Kaktus. „Haben dich die Dünen hierher geschickt?"

„Nein", antwortete Klara. „Ich bin von selbst gekommen. Mein Name ist Klara Enkels. Prinzessin Sonnenstrahl hat mich hergebracht, um den gelben Saphir zu finden."

Der Kaktus starrte Klara lange Zeit an und seufzte. „Ich bin Katja", stellte sie sich schließlich

vor. Sie lächelte und streckte einen ihrer stacheligen Arme Klara entgegen. Nach ein paar Sekunden begriff Klara, dass der Kaktus ihr die Hand schütteln wollte. Um Katjas Stacheln etwas auszuweichen, ergriff Klara vorsichtig mit Daumen und Zeigefinger die Hand des Kaktus. „Mit einem Namen wie Klara könntest du auch ein Kaktus sein", bemerkte Katja. „Alle unsere Namen beginnen mit K."

„Ich wäre gerne ein Kaktus wie du", erklärte Klara und versuchte, höflich zu sein. Nur ehrlich gesagt, fand Klara, es klang schrecklich, ein Kaktus zu sein. Sie würde es hassen, an einem Ort in der Erde verwurzelt zu sein, selbst wenn das bedeutete, mit Einhornprinzessinnen im Regenbogenreich zu leben.

„Ich bin erleichtert, dass du gekommen bist, um Sonnenstrahls gelben Saphir zu finden", seufzte Katja. „Uns allen ist eiskalt. Und wir können nicht einfach eine Jacke anziehen, so wie du es kannst."

„Das klingt schrecklich", bedauerte Klara sie. „Ich werde versuchen, den Saphir so schnell wie möglich zu finden. Und deshalb bin ich gekommen, um mit dir zu sprechen. Hast du eine Idee, wo ich nach ihm suchen sollte?"

„Die Dünen verstecken den Saphir absichtlich", schniefte Katja. „Du musst sie fragen, wo er ist. Wir Kakteen sprechen nicht mehr mit ihnen."

„Warum sprecht ihr nicht mit ihnen?", fragte Klara. Sie wollte auch die andere Seite der Geschichte hören.

„Nun", sagte Katja und verschränkte ihre stacheligen Arme noch fester. „Sie beschuldigten uns wieder und wieder, den gelben Saphir absichtlich zu verstecken. Als wir ihnen zum hundertsten Mal erklärten, dass wir ihn nicht haben, nannten uns die Dünen Lügner. Und dann blafften sie, unsere Nadeln seien stumpf und unsere Blüten hässlich. Da haben wir aufgehört, mit ihnen zu reden." Klara fand, der Streit zwischen den Dünen und den Kakteen klang wie die Auseinandersetzungen zwischen ihr und ihrem Bruder Kai.

„Ich verstehe", sagte Klara. Sie wollte vorsichtig sein, um nicht Partei zu ergreifen. „Warte mal, sagtest du, du hättest Blüten?", fragte Klara und schaute sich die Kakteen genauer an. Sie konnte keine einzige Blüte entdecken.

Mit einem ihrer Arme zeigte Katja auf mehrere grüne Knubbel auf ihrem Kopf und ihrer Brust. „Das sind unsere Blüten. Wir können sie aber nur in der Sonne öffnen", jammerte Katja.

„Sobald die Zauberechse ihren Zauber gesprochen hatte, haben sich alle unsere Blüten geschlossen."

Klara sah sich die drei anderen Kakteen neben Katja an. Sie alle waren mit denselben grünen Knubbeln bedeckt.

„Welche Farbe haben deine Blüten?", wollte Klara wissen. Sie stellte sich vor, dass die Kakteen im Sonnenlicht mit geöffneten Blüten prachtvoll aussahen.

„Meine sind pink", antwortete Katja stolz.

„Meine sind blau", verkündete ein anderer Kaktus. „Ich bin übrigens Kilian, und es ist mir ein Vergnügen, dich kennenzulernen."

„Meine sind rosa", fügte ein anderer hinzu. „Ich bin Karl."

„Meine sind gelb", wisperte ein anderer Kaktus. Klara kam es so vor, als sähe dieser Kaktus besorgt aus.. „Ich bin Kira."

„Es ist mir eine Freude, euch alle kennenzulernen. Und ich wette, eure Blüten sind wunderschön", sagte Klara. „Ich verspreche, dass ich den Edelstein von Sonnenstrahl so schnell wie möglich finden werde."

„Danke", sagten die Kakteen einstimmig.

„Hat vielleicht einer von euch den gelben Saphir gesehen?", erkundigte sich Klara.

„Natürlich nicht", erwiderten Katja, Kilian und Karl einstimmig. Klara bemerkte, dass Kira still blieb. Stattdessen richtete sie ihren Blick nach unten und kräuselte nervös die Stirn. Klara hatte so ein Gefühl, als würde sie ein Geheimnis hüten. Könnte dieses Geheimnis vielleicht etwas mit dem gelben Saphir zu tun haben?

Klara ging zu Kira hinüber und beugte sich so nah an Kiras Ohr, wie sie nur konnte, ohne von ihr gepikst zu werden. „Kira?”, flüsterte sie. „Darf ich dir eine Frage stellen?”

Kira zog ihre zitternden Arme ganz nah an sich ran. Sie sah so besorgt aus, dass Klara dachte, gleich würde sie anfangen zu weinen. Klara wollte sie umarmen, aber das schien keine gute Idee zu sein, angesichts der langen, spitzen lila Nadeln, die Kiras Körper bedeckten.

„Ich frage mich, ob du etwas darüber weißt, wo der gelbe Saphir sein könnte”, raunte ihr Klara zu.

„Worüber tuschelt ihr beiden?“, rief Katja. Kiras Augen weiteten sich.

„Nichts!”, rief Klara zurück. Dann flüsterte sie Kira zu: „Alle deine Geheimnisse sind bei mir sicher”.

„Versprichst du, es nicht Katja, Kilian und Karl zu erzählen?“, murmelte Kira.

„Ich verspreche, niemandem etwas ohne deine Erlaubnis zu erzählen."

Kira holte tief Luft und hielt ein paar Tränen zurück. „Nun, an dem Tag, als Ernesto den Zauber sprach, war es hier in der Glitzerschlucht ganz sonderbar. Es hat gedonnert und geblitzt.

Der Himmel verdunkelte sich. Und dann verschwand die Sonne. In diesem Moment spürte ich, wie etwas Hartes und Schweres in einer meiner Blüten landete. Zuerst dachte ich, es sei einer der lila Steine, die überall in der Schlucht zu finden sind. Aber kurz bevor sich meine Blütenblätter schlossen, erhaschte ich einen flüchtigen Blick auf etwas Gelbes und Glitzerndes. Ich bin mir fast sicher, der Saphir befindet sich in einer meiner geschlossenen Blüten, aber ich kann sie ohne Sonne nicht öffnen." Kira holte tief Luft. „Ich habe Angst, mich den anderen Kakteen anzuvertrauen, weil sie so sicher sind, dass die Dünen den gelben Saphir haben. Und ich habe Angst, es den Dünen mitzuteilen, weil sie schon so wütend auf uns sind. Ich habe Angst, es Sonnenstrahl zu erzählen, weil sie die Prinzessin ist und ich nicht will, dass sie böse auf mich ist."

Klara war begeistert, dass sie so nah dran war, den gelben Saphir zu finden, aber sie machte sich Sorgen um Kira. „Vielen Dank, dass du mir vertraust", flüsterte Klara. „Mach dir keine Sorgen. Wir werden einen Weg finden, den Saphir aus deiner Blüte zu befreien. Aber ich glaube, ich sollte es unbedingt Sonnenstrahl wissen lassen."

„Glaubst du, sie wird wütend sein?", fragte Kira.

„Ich weiß es nicht genau", antwortete Klara, „aber ich bezweifle es. Und selbst wenn sie es ist, wette ich, dass ihr beide es geregelt bekommt."

„Nun", seufzte Kira. Sie biss sich auf die Lippe und zog ihre Braue hoch. „Okay. Du kannst es Prinzessin Sonnenstrahl sagen."

„Danke", erwiderte Klara. Und mit dieser

guten Neuigkeit rannte sie so schnell sie konnte durch die Schlucht zurück zu Sonnenstrahl.

„Sonnenstrahl!", rief sie atemlos. „Du wirst es nicht glauben!"

Sonnenstrahl ließ einen langen lila Stock aus ihrem Maul fallen und hob den Kopf. Klara blickte auf den Sand neben den Hufen des Einhorns und sah, dass Sonnenstrahl Bilder von Sonnen, Regenbögen und Mädchen auf Einhörnern gemalt hatte. „Vom Betrachten des violetten Sandes hatte ich schon so müde Augen und ich sorgte mich, ob ich den gelben Saphir wohl sehen würde, selbst wenn er direkt vor mir läge. Daher beschloss ich, eine Pause einzulegen", erklärte Sonnenstrahl. „Hast du ihn gefunden?"

„Ich weiß, wo er ist", jubelte Klara und erzählte Sonnenstrahl von ihrem Gespräch mit Kira.

„Gute Arbeit", lobte Sonnenstrahl. „Ich wusste, ein Mädchen, das an Einhörner glaubt, kann es schaffen." Das Einhorn runzelte die Stirn. „Jetzt müssen wir nur noch herausfinden, wie wir den gelben Saphir aus Kiras Blüte befreien können. Ohne Sonne kann sie diese nicht öffnen."

„Hmm." Klara hatte gehofft, Sonnenstrahl hätte eine Idee.

Genau in diesem Augenblick flitzte ein Flammenbiss direkt auf Sonnenstrahl und Klara zu. Für einen kurzen Augenblick stand er still und Klara schirmte ihre Augen gegen das helle Licht des Flammenbisses ab. Nach nur wenigen Sekunden fühlte es sich an, als würde sie sich in einem heißen Ofen befinden. Klara öffnete ihre gelbe Jacke. Plötzlich kreischte der Flammenbiss auf. Mit Armen und Beinen um sich herumschlagend huschte er im Kreis um Sonnenstrahl herum.

„Husch!", befahl Sonnenstrahl und stampfte mit dem Huf auf. Flammenbiss kreischte ein letztes Mal und flitzte hinter eine violette Kiefer. Sofort kehrte die Kälte zurück.

„Mist!", polterte Sonnenstrahl. „Dieser alberne Flammenbiss hat das beste Bild ruiniert, das ich je von einem Menschenmädchen gezeichnet habe. Bevor ich dich traf, dachte ich immer, Menschen hätten Schwänze."

Klara lachte. Und dann, als sie den Reißverschluss ihrer Jacke wieder schloss, kam ihr eine Idee. „Sonnenstrahl", begann sie langsam, „wie hoch können Flammenbisse springen?"

„Sie können überhaupt nicht springen", erklärte Sonnenstrahl. „Sie rennen nur herum und schreien."

„Und du sagtest, sie mögen Runkelbeerkerne?“, fragte Klara.

„Sie lieben die Kerne der Runkelbeeren. Sie würden fast alles tun, um sie zu bekommen.“

Klara zog die Runkelbeere aus ihrer Tasche, teilte sie in zwei Hälften, pulte einen blaugrünen Kern aus der Mitte und warf ihn so weit weg wie möglich.

„Guter Wurf“, lobte Sonnenstrahl und bewunderte, wie weit der Kern gesegelt war.

Ein paar Sekunden lang lag der Kern im Sand. Dann huschte ein Flammenbiss von einem Steinhaufen herbei und steckte den Kern in sein Maul. Sobald er mit dem Kauen fertig war, kreischte er und rannte im Kreis, auf der Suche nach mehr.

„Pass bloß auf“, mahnte Sonnenstrahl. „Wenn er glaubt, du fütterst ihn, wird er uns überallhin folgen." Glücklicherweise hatte der Flammenbiss nicht bemerkt, dass Klara den Kern geworfen hatte, und er verschwand hinter die Felsen.

„Ich habe einen Plan!", posaunte Klara heraus und hüpfte dabei auf und ab. „Aber wir müssen die Kakteen und die Dünen dazu bringen, zusammenzuarbeiten."

Sonnenstrahl schnalzte mit ihrem Schweif und kräuselte die Stirn. „Ich bezweifle, dass das funktioniert", gab sie zu bedenken. „Sie haben sich schon öfter gestritten, aber so wütend aufeinander habe ich sie noch nie gesehen."

„Ich weiß, dass sie wütend sind", erklärte Klara nachdenklich, „aber ich denke, es ist möglich, sie wieder zu versöhnen. Nach jedem Streit haben meine Freunde und ich einen Weg gefunden, darüber zu reden und uns wieder zu vertragen. Würden sie sich nicht mehr mögen, wären sie nicht so wütend und verletzt."

Sonnenstrahl hob eine gelbe Augenbraue und zuckte mit den Schultern. „Ich denke, wir können es versuchen!", stimmte sie zu. „Was sollen wir als Erstes tun?"

„Hmm", sagte Klara. „Der erste Schritt ist, mit Kira zu reden."

„Steig auf!" Sonnenstrahl kniete sich hin und Klara kletterte schnell auf den Rücken des Einhorns.

Achtes Kapitel

Sonnenstrahl galoppierte durch die Glitzerschlucht und ihre goldenen Hufe wirbelten eine Wolke aus violettem Staub hinter sich auf. Als der kalte Wind durch Klaras Haar strich, schloss sie die Augen und lächelte. Es gab nichts Schöneres auf der Welt, als auf einem Einhorn zu reiten, da war sie sich sicher.

Sonnenstrahl hielt auf der anderen Seite der Schlucht, direkt vor Katja, Kilian, Karl und Kira.

Kiras panischer Blick traf Klara. Diese

lächelte den nervösen Kaktus beruhigend an und rutschte von Sonnenstrahls Rücken. Sie ging zu Kira hinüber und beugte sich so nah an ihr Ohr, wie sie konnte. „Ich habe eine Idee, wie wir deine Blüte öffnen können", flüsterte Klara, „aber wir brauchen die Hilfe der Dünen. Könnte ich deine Erlaubnis bekommen, den anderen Kakteen und den Dünen zu erzählen, was passiert ist?

Kira holte tief Luft und erklärte mit zittriger Stimme: „Wenn wir es allen sagen müssen, würde ich es gerne selbst tun."

„Das ist sehr mutig", antwortete Klara.

Kira holte noch einmal tief Luft. Sie sah Katja, Kilian und Karl an. Und dann blickte sie zu den sechs lila Sanddünen – Dennis, Diana, Dario, Doris, David und Damian. „Ich habe etwas Wichtiges zu sagen", verkündete sie.

Die anderen Kakteen, die miteinander flüsterten, unterbrachen ihre Gespräche und sahen auf. Aber die Dünen runzelten die Stirn, schlossen ihre Augen und begannen, sich zu entfernen. Dann rief Dennis: „Wir sprechen nicht mit den Kakteen, bevor sie nicht zugeben, dass sie den gelben Saphir absichtlich versteckt halten!"

„Wir haben ihn nicht! Ihr habt ihn!", knurrte Kilian zurück. „Ihr seid nur eifersüchtig, dass uns Blüten schmücken und euch nicht. Ihr habt ihn absichtlich versteckt, damit wir unsere Blüten nicht mehr öffnen können."

„Das ist lächerlich", schnaubte Dario. „Ihr seid nur neidisch, dass wir uns bewegen können und ihr im Boden verwurzelt seid."

Bald schrien alle Kakteen und alle Dünen durcheinander. Klara hielt sich die Ohren zu.

Sonnenstrahl wieherte und bäumte sich auf, um sie zur Ruhe zu bringen, aber die Kakteen und die Dünen zankten sich nur noch lauter.

Klara bückte sich, pflückte einen violetten Grashalm, nahm ihn zwischen die Daumen und pustete, so fest sie konnte. Das Gras gab ein hohes pfeifendes Geräusch von sich. Schließlich verstummten alle Kakteen und alle Dünen.

„Als Herrscherin über die Glitzerschlucht befehle ich euch, Kira anzuhören", sprach Sonnenstrahl. Die Dünen schlossen ihre sandigen, violetten Münder. Die Kakteen pressten ihre bläulich-violetten, stacheligen Lippen aufeinander. Sonnenstrahl sah Kira an. „Mach weiter", bat sie.

„Nun", begann Kira, „ich glaube, der gelbe Saphir steckt in einer meiner Blüten."

Doris murmelte: „Ich wusste es!"

Kira fuhr fort: „Ich gebe euch mein Ehrenwort, dass ich ihn nicht mit Absicht dort festgehalten habe. Er ist dort gelandet, als die Zauberechse ihren Zauber gesprochen hat. Und dann hat sich meine Blüte geschlossen und ich konnte sie nicht mehr öffnen. Ich hatte Angst, etwas zu sagen, weil ich den Streit zwischen den Dünen und den Kakteen nicht noch schlimmer machen wollte. Es tut mir leid, dass ich es euch nicht früher wissen ließ. Ich wusste nicht, was ich tun sollte."

Die Dünen murrten untereinander, aber Klara konnte sehen, dass sie weniger wütend waren. Sie konnten an Kiras Stimme hören, dass sie die Wahrheit sagte: Sie hatte den gelben Saphir nicht absichtlich versteckt, und sie wollte ihn so schnell wie möglich aus ihrer Blüte und zurück an Sonnenstrahls Halskette bekommen.

Schließlich meldete sich Dennis: „Es tut uns leid wegen all dieser gemeinen Dinge, die wir euch an den Kopf geworfen haben. Wir waren einfach genervt."

„Und uns war kalt", erklärte Dario. „Ich bin immer gemein und launisch, wenn mir kalt ist."

Katja lachte. „Ich auch", gab sie zu.

„Ja, ich auch", fügten Kilian und Karl hinzu.

Lang herrschte Stille und Klara hielt den Atem an.

Dennis räusperte sich. „Wieder Freunde?", fragte er.

„Ja, wieder Freunde", bestätigte Katja.

Als alle Dünen und alle Kakteen lächelten und sich freuten, atmete Klara auf. Sie spürte ein wohlig warmes Gefühl in ihrem Herzen.

„Ich fühle mich jetzt viel besser", sagte Kira. Dann sah sie Klara an. „Aber mir ist immer noch sehr kalt. Sagtest du nicht, du hättest einen Plan, wie ich meine Blüte öffnen kann?"

„Ich denke, den hab ich", antwortete Klara. „Aber wenn mein Plan funktionieren soll, müssen wir alle zusammenarbeiten. Seid ihr bereit?"

Alle nickten.

„Großartig", jubelte Klara. „Zuerst möchte ich, dass sich alle Dünen in einem Kreis um Kira herum anordnen und sich so flach wie möglich machen." Die Dünen schauten verwirrt, aber sie rutschten zu Kira hinüber und positionierten sich in einem engen Kreis um sie herum. Sie machten sich ganz flach und schlossen ihre Augen und Münder.

„Perfekt!", lobte sie Klara. „Wenn ich 'Hoch!' rufe, müsst ihr euch so groß wie möglich machen und eine Mauer um Kira bilden. Und ihr müsst so bleiben, bis ich 'Hab ihn!' rufe. Schafft ihr das?"

„Ja", sagten Dennis, Diana, Dario, Doris, David und Damian einstimmig.

„Fantastisch", jauchzte Klara. Dann sah sie Sonnenstrahl an. „Würdest du dich bitte hierher stellen?" Klara deutete auf den Sand hinter Dennis. „Wenn es für dich in Ordnung ist, würde ich mich auf deinen Rücken setzen."

„Sicher", stimmte Sonnenstrahl zu und trabte mit verwirrtem Blick zu Dennis hinüber.

Klara zwinkerte Sonnenstrahl zu und lächelte Kira beruhigend an. Und dann zog sie die Runkelbeere aus ihrer Tasche und pulte eine Handvoll Kerne heraus. Sie legte einen Kern auf Dennis` Stirn und einen weiteren ein paar Zentimeter entfernt auf seine Nase. Sie gab noch weitere Kerne auf Dennis, bis eine Spur von ihm bis zu Kira führte. Dann hinterließ sie vor Kiras geschlossener Blüte einen ganzen Haufen von Kernen.

Klara lief zu Sonnenstrahl, kletterte auf ihren Rücken und flüsterte: „Jetzt müssen wir nur noch warten."

Bald darauf fand ein kreischender Flammenbiss den ersten Kern, den Klara ausgelegt hatte. Er hockte sich hin, steckte den Kern in sein Maul und wanderte zum nächsten Kern und dann zum nächsten. So näherte sich mehr und mehr Kira. Als er den Haufen direkt vor Kira entdeckte, begann er, die Kerne in sein Maul zu stopfen.

„Hoch!", rief Klara.

Die Dünen erhoben sich so hoch sie konnten und umgaben Kira und den Flammenbiss mit einer hohen, sandigen Wand. Klara bemerkte, dass sich Kiras Blüte durch die Hitze und das Licht des Flammenbisses ein wenig geöffnet hatte. Ihr Plan funktionierte!

Als der Flammenbiss den letzten Kern verschlungen hatte, begann er zu schreien und lief im Kreis herum, um zu entkommen. Aber die Dünen waren zu steil und so saß er vor Kira in den Dünen fest. Klara beobachtete, wie sich Kiras Blüte langsam weiter öffnete.

Die Dünen keuchten und ächzten. „Wie lange noch?" David und Damian stöhnten auf.

Klara schaute auf Kiras Blüte. Sie war halb geöffnet. „Ihr macht das toll!", rief sie. „Nur noch ein bisschen durchhalten! Ihr schafft das!"

Der Flammenbiss kreischte nun noch verzweifelter. Klara schob ihre Hand in die Tasche und fand zu ihrer Erleichterung noch ein paar Kerne, die aus der Runkelbeere gefallen waren. Sie warf sie direkt vor Kira hin und der Flammenbiss stopfte sie gierig in sein Maul. Kiras Blüte öffnete sich noch ein wenig mehr. Und dann noch ein wenig mehr. Jetzt konnte Klara den gelben Saphir sehen. „Wenn ich auf deinen Hals klettere, könntest du mich dann bitte so nah wie möglich an Kiras Blüte bringen?", fragte Klara Sonnenstrahl.

„Natürlich", antwortete Sonnenstrahl und reckte den Hals in Richtung Kira.

Währenddessen jammerte Dennis: „Ich glaube, ich kann nicht mehr lange so bleiben!"

„Du schaffst es! Wir haben es fast geschafft!", rief Klara aus. Sie rutschte auf Sonnenstrahls Hals und lehnte sich nach vorne. Dann streckte sie ihren linken Arm nach dem gelben Saphir aus. Doch als sie danach greifen wollte, berührten ihre Fingerspitzen den Edelstein kaum. Sie war noch nicht nah genug dran.

„Halte dich fest!", flüsterte Sonnenstrahl. Dann bäumte sich Sonnenstrahl mit einem

Wiehern auf und bewegte sich mit den Vorderbeinen und dem Kopf in Richtung der Blüte.

„Whoa!", Klara schrie auf, als sie wieder nach dem gelben Saphir griff. Diesmal schloss sie ihre Hand um den kalten, harten Edelstein und rief: „Hab ihn!"

„Puh!", schrien alle sechs Dünen, als sie schwer atmend und stöhnend zu Boden sanken. Der Flammenbiss raste schreiend und jammernd davon.

„Das war das Härteste, das ich je gemacht habe!" Dario keuchte.

„Wem sagst du das!", stöhnte Diana und versuchte, wieder zu Atem zu kommen.

Klara kroch an Sonnestrahls Hals hinunter und auf ihren Rücken, bevor sie zu Boden glitt. Der gelbe Saphir fühlte sich glatt und schwer in Klaras Hand an, und sie öffnete ihre Finger, um

ihn aus der Nähe zu betrachten. Er schimmerte in ihrer Handfläche.

„Gute Arbeit, Leute!", lobte Klara. „Das war wirklich schwer, aber ihr habt es geschafft." Dann sah sie zu Sonnenstrahl hinüber. „Bist du bereit, deinen Saphir zurückzubekommen?"

Sonnenstrahl lächelte aufgeregt und nickte. Sie beugte ihren Hals zu Klara, und Klara setzte den gelben Saphir vorsichtig in den leeren Kreis in Sonnenstrahls blauer Halskette. Plötzlich begann Sonnenstrahls Horn zu schimmern, und ein heller Lichtstrahl ergoss sich aus der Spitze. Sonnenstrahl wieherte vor Freude.

Die Sonne, hell und gelb, erschien am Himmel. Bald war es so warm, dass Klara ihre gelbe Jacke auszog und die Ärmel hochkrempelte. Sie fächelte sich Luft zu, während sie die Schönheit der Glitzerschlucht bestaunte. Der Sand glitzerte. Die Kakteen, deren Stacheln glänzten und deren Blüten sich öffneten, breiteten ihre Arme aus und streckten sie in den Himmel. Die schimmernden Dünen glitten dahin und tanzten. Ein strahlend blauer Himmel löste den trüben, grauen Himmel ab.

„Danke, Klara", begann Sonnenstrahl. „Du warst toll! Du hast so hart gearbeitet, und diese harte Arbeit hat sich gelohnt."

„Ich habe gerne geholfen", erwiderte Klara. Und sie meinte es ernst.

„Lass uns zum Palast zurückkehren!", schlug Sonnenstrahl vor. „Ich kann es kaum erwarten, meinen Schwestern zu erzählen, was du getan hast!" Sie kniete sich hin, und Klara kletterte auf ihren Rücken.

Neuntes Kapitel

Im Palast angekommen, drängten sich die Einhornprinzessinnen um Klara. „Wow!", rief Lichtblitz, nachdem Sonnenstrahl ihnen erzählt hatte, wie Klara den gelben Saphir aus Kiras Blüte wiedererlangt hatte. „Ich hatte keine Ahnung, dass Menschenmädchen so kreativ und klug sind."

Klara lächelte stolz.

„Erstaunlich", lobte Blütenpracht.

„Unglaublich", fügte Kristallglanz hinzu und nickte, sodass der Amethyst an ihrer Halskette glitzerte.

Lufthauch, Mondschein und Glühwürmchen bewegten zustimmend ihre Mähnen und Schweife, und Klara bewunderte, wie schön all ihre Edelsteine in dem hell erleuchteten Palast aussahen.

Dann sah Lichtblitz Sonnenstrahl an und flüsterte so laut, dass Klara sie gerade noch hören konnte: „Willst du ihn ihr geben oder soll ich es tun?"

„Ich werde es tun", flüsterte Sonnenstrahl. Lichtblitz nickte, obwohl sie enttäuscht aussah.

Sonnenstrahl drehte sich um und trabte einen langen Flur mit Marmorfußböden und Kronleuchtern hinunter. Bald tauchte sie mit einem rosa Samtbeutel im Maul wieder auf.

„Wir, die Einhornprinzessinen haben ein besonderes Geschenk nur für dich", spach Lichtblitz. Die anderen Einhörner verstummten und lächelten.

Sonnenstrahl ging direkt auf Klara zu und drückte ihr das rosa Täschchen in die Hand. Klaras Herz hüpfte vor Aufregung. Sofort erkannte sie die Form des Geschenks in dem Beutel. Grinsend zog sie den Schlüssel mit dem leuchtenden Griff heraus.

„Das ist dein ganz eigener Schlüssel zum Regenbogenreich!", rief Sonnenstrahl aus.

„Wir alle möchten, dass er dir gehört", bekräftigte Lichtblitz. Blütenpracht, Kristallglanz und alle anderen Einhörner nickten zustimmend.

„So kannst du uns jederzeit besuchen", erklärte Sonnenstrahl. „Und wenn wir dir ein Zeichen geben wollen, dass du zurückkommen sollst, wird der Griff rosa leuchten. Weißt du noch, wo in der großen Eiche der Schlüssel reingesteckt werden muss?"

„Ja, ich erinnere mich", antwortete Klara und fragte sich, wie sie das jemals vergessen könnte. „Danke!" Es war das schönste Geschenk, das sie sich vorstellen konnte. Sie konnte ihren nächsten Besuch im Regenbogenreich kaum erwarten.

In diesem Moment knurrte ihr Magen, und sie merkte, dass sie Hunger auf mehr als nur Runkelbeeren hatte. Und obwohl sie nicht vorhatte, ihren Eltern oder Kai von ihrem Abenteuer zu erzählen, weil sie ihr sowieso nicht glauben würden, vermisste sie sie. Als ob Sonnenstrahl ihre Gedanken lesen könnte, meinte das Einhorn: „Ich wette, du möchtest nach Hause gehen."

Klara nickte. „Ich hatte so eine tolle Zeit hier", schwärmte sie. „Aber ich sollte zu meiner Familie zurückkehren. Sie werden mich zum Frühstück erwarten."

„Wann immer du bereit bist, das Regenbogenreich zu verlassen, brauchst du nur deine Augen schließen, beide Hände auf den Griff des Schlüssels legen und 'Bring mich nach Hause!' sagen", erklärte Lichtblitz. „Warum versuchst du es nicht gleich? Und dann sehen wir dich bald wieder."

Klara nickte. Sie winkte Lichtblitz, Blütenpracht, Kristallglanz, Lufthauch, Mondschein und Glühwürmchen zum Abschied zu. Als sie Sonnenstrahl umarmte, flüsterte sie: „Ich bin so froh, dass ich dir helfen konnte." Sie legte beide Hände um den Griff des Schlüssels und schloss ihre Augen. „Bring mich nach Hause!", murmelte sie. Und dann fügte sie noch etwas hinzu: „Bitte!"

Sofort spürte Klara, wie sich alles drehte. Sie öffnete ihre Augen. Einen Augenblick lang sah sie nur einen verschwommenen Fleck aus Violett, Silber und Weiß, bevor alles stockdunkel wurde. Diesmal fühlte es sich nicht wie Fallen, sondern wie Aufsteigen an. Und dann hörte das Gefühl des Fliegens auf und das Drehen verlangsamte sich, bis sie sich im Wald vor ihrem Haus, neben der riesigen Eiche auf dem Boden liegend wiederfand. Einen Moment lang starrte Klara in den Morgenhimmel mit den weißen Wolken und den Krähen, die von den Ästen der Bäume krächzten. Schließlich setzte sie sich auf. Sie schaute auf ihren Schlüssel – ihren eigenen Schlüssel zum Regenbogenreich – mit dem blauen Kristallgriff, und sie steckte ihn in ihre Tasche. Als sie aufstand, bemerkte sie, dass ihre gelben Stiefel verschwunden waren und sie nun wieder ihre silbernen Einhorn-Turnschuhe mit den rosa Lichtern trug.

Klara holte tief Luft. Sie lächelte. Und dann rannte sie nach Hause, um mit ihren Eltern und Kai zu frühstücken, während ihre Einhorn-Turnschuhe den ganzen Weg über blinkten.

Emily Bliss wohnt in unmittelbarer Nähe eines Waldes. Vom Fenster ihres Wohnzimmers aus kann sie eine große Eiche mit einem magischen Schlüsselloch sehen. Wie Klara Enkels weiß auch sie, dass es Einhörner gibt.

Sydney Hanson wuchs in Minnesota zusammen mit zahlreichen Haustieren und Brüdern auf. Sie hat für verschiedene Animationsfirmen gearbeitet, darunter Nickelodeon und Disney Interactive. In ihrer Freizeit reist sie gerne und verbringt Zeit in der Natur mit ihrem Adoptivbruder, einem Labrador-Retriever namens Cash. Sie lebt in Los Angeles.